カウントダウン43

棚 大介
Daisuke Tana

文芸社

〈目　次〉

カウントダウン４３

7

日が沈みかけていた。

八月とはいえ夕方は風が涼しい。立ち並ぶ洋服屋や居酒屋の明かりが、人で賑々しい通りを照らす。

遊べるところを探しながら街を歩いていると、雑居ビルにキャバクラの看板を見つけた。

金は、ある。

行くことにする。

「いらっしゃいませ」

ビル二階の店に入るなり、蝶ネクタイを締めたボーイの青年に声をかけられた。

この店に来るのは初めてだ、と俺は告げ、L字型のソファの席に案内される。

腰を下ろし、薄暗い店内を眺める。

席は、だいたい半分くらいが埋まっていた。そこら中で、背広の男たちがにやつきながら綺麗なおねえちゃんと喋っている。

「ご注文は、何になさいますか」

ボーイが聞いてきた。

とりあえず、セット料金で飲めるウィスキーをロックで頼む。一礼してボーイが去っていく。

白と茶でまとめられたインテリアはなかなか高級感があった。観葉植物やランプも、見た目、豪奢なものが置いてある。

ここだと会計は、いつもよく行く安さが売りのキャバクラと比べて三割増しといったところだろうか。まあ、高くつくのは望むところだ。

ほどなく、ウェイターがウィスキーのグラスをテーブルに置いていき、入れ違いに女の子が二人、こっちに歩み寄ってきた。

「お待たせいたしましたぁ。失礼します」

笑顔でそう言い、俺の両隣に座る。

ボブカットで金髪の子と、セミロングの茶髪で緩いパーマをかけた子だ。

この店の制服らしい、丈の短い白のワンピースから伸びた素足がそそる。

「ミクです」

「カナエです」

ボブの子がミク、パーマの子がカナエのようだ。ミクのノースリーブの二の腕に視線をやりながら、俺は浮わついた声で言った。

「スミオっす。今日は、飲むぜ」

ミクが嘘臭い嬌声を上げて手を小さく叩く。

カナエが俺におしぼりを差し出してきた。一重瞼に、やりすぎのアイメイクが失笑ものだ。

「きみらは、何か飲まないの？」

「いいんですか？」

ミクが嬉しそうに言う。俺は頷く。

ボーイが呼ばれ、カナエがウィスキーの水割りを、ミクがウーロン茶を頼んだ。けち臭すぎるチョイスだ。

「あのさ」

俺は口を開き、続けた。

「ボトル、注文したいんだけど」

「あ、はあい」

嬉しそうにミクがメニューを渡してくる。

眺めても、よくわからない酒ばかりだ。普段、キャバクラに来るときは、セット料金のウィスキーしか飲んだことがないお。

ドンペリ、とかいうやつがある。

名前だけは漫画で見て知っていた。やたらに高いシャンパンだったはずだ。

「ええとね、じゃあ、この、ゴールドっていうの？　十五万円のやつで」

俺はジーンズのポケットから煙草の箱を取り出しながら言う。

「ありがとうございます。ドンペリ入りまぁす」

ミクはそう声を上げながら、ソファから立ってカウンターに向かった。

煙草を箱から抜いて口元に持っていく。

失礼します、と言ってカナエが慣れた手つきでライターを寄せてくる。

いい気分だ。

火がついた。

一息に煙草を吸い、吐く。

「カナエちゃん、だっけ」

「はい」

「きみ、幾つ？」

「十九です」

はにかみながらカナエは言う。

歳に自信を持っているような照れ方だった。この店では最年少とか、そんなところだろう。

「若いね」

「そうですか？　ありがとうございます」

「俺、幾つに見える？」

「えー」

「ふっふっふ」

「かなり、お若いですよね、ええと、私より少し上、くらいですか？」

「まあ、当たり。二十五だ」

13

「そうなんですかぁ」

間もなく、ミクがウェイターと一緒にやってきた。

中年のウェイターは跪き、俺の顔を見ながらボトルの栓を開けた。ミクとカナエから拍手が起こる。客の何人かがこっちを横目で見ている。

テーブルに新たに置かれた華奢なカクテルグラスに、高いシャンパンが注がれる。

ゆっくりと嵩が増していく。

「一杯、頂いてもよろしいですか？」

ミクがお決まりの台詞で尋ねてきた。

「どうぞ、どうぞ」

俺は勧める。あらかじめ持ってきてあった残りの二つのグラスに、ウェイターがボトルを傾けた。

白のテーブルの中央に、人数分のグラスが揃う。

14

「それじゃ、乾杯しようぜ」

俺が言い、三人でグラスを合わせた。微かな音が鳴る。

一口、飲む。

アルコール感が喉に染みる。

これが、噂のドンペリか。うまい、ような気もするが、実際のところ俺には、酒の味の違いなんてよくわからない。豚に真珠というやつだ。

「おいしい」

「本当、おいしいですー」

照明の淡いオレンジの光を顔に受けながらミクとカナエが口々に洩らす。

俺はたやすく上機嫌になる。

「ミクちゃんは」

「はい」

「何歳なの？」

「あたし、二十一です」

いいねえ、と呟きながら俺はシャンパンを舐める。早くも喉の奥が熱い。

「今日はさ、競馬でぼろ勝ちしちゃって。パーッと使おうと思ってこの店に来たんだよね」

適当なことを喋る。じゃあどんどん使っちゃってぇ、とカナエが囃してくる。

少ししか吸わずに灰皿に置いた煙草の先端が、すっかり灰になっていた。

ミクが言う。

「スミオさんって、普段、お仕事は何なさってるんですか？」

「ん？　今はフリーでね、雑貨のデザインとかをやってるんだけど」

「えー、すごーい」

「いやいや、普通だって。それに、全然儲かんないよ？」

「デザイナーってことですよね」

「そうなるかな」

「素敵」

「ははははは」

嘘だ。

本当は、小さなスーパーマーケットの店員だ。しかも、解雇間近だ。無断欠勤を始めて、もう三日が経っている。

Tシャツの裾を弱く引かれた。

カナエだ。

「どんな物、作ってるの？」

上目遣いで尋ねてくる。

「そうだねえ、アイテムとしては、今はテーブルがメインかなあ。たまにランプとかにも手を出すけど、俺、ガラス細工が極端に苦手でさ」

滔々とでたらめを話しながら、視線をカナエの下半身に持っていく。

17

適度に肉感のある太腿が俺好みだ。ミクは、少し痩せすぎだ。

カナエを脱がせることを想像する。

ラブホテルで下着姿にして、乳をゆっくりと揉み、首筋を舐める。全身を執拗に撫でる。しだいに、カナエは甲高く喘ぎはじめる。俺は、足を開くように言う。

グラスの残りを一息に飲み干した。

「どうぞ」

すぐさまカナエが甲斐甲斐しく注ぎにくる。

服の上からだと、胸はそんなにあるようには見えない。推定、Bカップといったところか。

「カナエちゃん、かわいいよねー」

俺は言った。ミクがさりげなく視線を遠くに向ける。

「ありがとうございますぅ。ふふ、スミオさん、もう酔っちゃってるんですか？」

言いながら、カナエは厚化粧の顔を歪めて笑った。

その後、ミクは他の客に指名されて俺のテーブルから離れたが、カナエは最後まで残っていた。

入店から二時間後、会計を済ませて外に出た。見送りにカナエがついてくる。

「スミオさん、今日はありがとうございました」

雑踏の中、カナエは甘えた声でそう言って俺に名刺を渡す。

「また、来てね。待ってます」

「おうよ」

俺は言い、カナエが見えなくなるまで手を振りながら駅に向かった。

一歩ごとに、感覚が現実に戻っていく。

18

デザイナーな訳がないだろう。

金払いがよかったから、相手をしてもらえる。

このまま、アパートに帰るのが癪だった。せっかくのドンペリの酔いが醒めてしまう。何より、混み合う電車に乗るのが面倒だ。

ふと思う。

風俗があるじゃないか。

そうだ。さっきまでカナエの腿が目の前にさんざんちらついていたのだ。一発抜かずに帰れるわけがない。

善は急げだ。細い道に入ってしばらく行くと、色とりどりのネオンが目立つ通りに出た。

その内訳はラブホテルが半分、風俗店が半分といったところか。辺りは腕を組んだカップルの姿が目立つ。ところどころに、外国人の客引きの女が一人で立っている。

ざっと見回すといろいろあった。イメクラ、ソープ、お触りパブ。盛り上がってくる。

メイドか何かの衣装での、濃厚なサービスも捨てがたい。だが、今は疑似本番ではなく、やりたかった。よってソープに行くことにする。

マンション状の店の自動ドアを入ると、すぐに店員が近付いてきた。

「お客様」

そう言って、まだ十代のような店員は作り笑顔で続ける。

「大変申し訳ありません。当店、飲酒された状態でのご入店はお断りさせていただいております」

「何？」

反射的に睨みつけながら俺は思い出す。

前に、職場の上司が言っていた。最近の風俗は、酔っ払いお断りの店が多いらしい。酒が入っていると客が勃起しなかったり、また、揉め事が起こりやすいのだろう。店側の言い分ももっともだ。

だが、現に自分が弾かれる側になれば話は別だ。

俺は店員に、大丈夫だから、とへつらってみたが無駄だった。またのお越しをお待ちしています、と慇懃に言われて追い出された。

「なんだっつうの、ばーろぉ」

外に出て、しばらく歩いたところで俺は声を上げた。道行くカップルがこっちを向く。

近くにあった電信柱を思いきり蹴る。足に痺れが走る。ふざけやがって。

なんで、五十万近く持ってるのに店に入れないんだ。黙って女の一人や二人、出すのが普通だろう。少し酔ってはいるが勃起なんか朝飯前だ。

道の向こうから背広の男が二人、何か笑いながらこっちに歩いてくる。

そんなに俺がおかしいか。へらへら不細工なツラしやがって。

「おああああ」

叫びながら俺は背広の二人の茶髪のほうへと全力で走り、その頰を殴打した。

鈍い手応えがあった。会心の当たりだ！　ははは！

「なんだこのやらぁぁ」

もう一人の背広が後ろから俺を羽交い締めにする。

力が強く、振りほどけない。

殴ったほうの茶髪が顔を押さえながら俺を見据えている。凄い目つき。

いや、恐いね。


深々と切れた唇が痛み、一睡もできなかった。

けっきょく昨夜、背広の二人組には手酷くやられてしまった。殴られ、蹴られた腹や顔がまだ微かに熱を持っている。

アパートに帰って自己流に全身を調べてみたが、骨折などはなさそうだった。なによりだ。病院通いなんて冗談じゃない。

雑誌をテーブルに置き、テレビをつけると、朝のワイドショーをやっていた。

気付けばもう半日近く、煙草以外は何も口にしていない。

冷蔵庫のドアを開く。なるべく、唇に触れずに食べられるものがいい。

買っておいた菓子パンと、ペットボトルのミネラルウォーターに決めた。

冷蔵庫から出してテーブルに運ぶ。

無事な左の口のほうから、注意しつつパンを食べる。傷に触れるたびに鋭く痛む。

今までならこの時間は職場に着いて、売場に商品を並べているころだ。

店長のことを考える。

嫌味な奴だった。顔を合わせるたびに、やれ髪を黒くしろだとか、敬語もろくに使えないのかと言われたものだ。

24

フローリングの床に放ったままだった財布を拾い、中身を一枚一枚確認する。

二十五万円、残っていた。

昨日の昼、銀行を出るときには四十三万あったから、一日だけで二十万近く使った計算になる。

高校卒業して七年間、なんとなく貯めた全財産だ。

本当に暇な職場だった。

毎日、商品を発注し、店に出し、セールをする。ただその繰り返しだ。客からクレームはしょっちゅう来るうえに、立ち仕事で疲れが溜まる。最近は、腰への湿布が欠かせなかった。

数日ほど派手に遊んで、それからアルバイト暮らしなり、路上生活なりをすることを三日前に漠然と決めた。何か、少しでも面白そうなことがしたかった。

傷を庇いながらの食事を終えて、俺は本棚の上に置いてある電話を見る。

赤いランプが明滅している。

録音メッセージが入っているのだ。聞かなくても、職場からのものだとわかる。無断欠勤にご立腹、といったところだろう。

携帯電話は、すでに三日前に電源を切って押し入れの奥に放ってある。連絡を取りたい知り合いがいるわけでもなし、持っていたところで使うこともないだろう。

口元の傷が疼く。

俺は財布を持って玄関に向かった。


朝八時の街には、これから出勤、通学といった人たちが行き交っている。ご苦労なことだ。

何の店もまだ開いていないため、することがない。漫画喫茶で時間を潰すことにした。

レジでタイムカードをもらって店内に入る。

ここには、終電がなくなったときによく世話になる。一時間の料金が他の漫画喫茶と比べて二百円ほど安いわりには、本の品揃えが充実しているのだ。不満は、クッションの効かない椅子に長机という席しか置いていないことだろうか。

五人くらいの客がいた。俺は、野球漫画の単行本を本棚から五冊抜き、日の当たっている窓際の席に座る。

ページに目を落とす。

欠伸が出る。やはり、寝ていないのはきつい。頭が痺れてしまっている。江津子と別れて今日で四日目だ。

二股かけられていたとは気付かなかった。しかも隠しておけばいいものを、なぜ、わざわざ江津子は俺に告げたのか。

まあ、どうでもいいことだ。

椅子が微かに揺れる。

目が覚める。

歩いていた眼鏡の青年がこっちを向き、小さく頭を下げる。どうやら、足が俺の席に当たってしまったようだ。

そして俺は、座ったまま眠ってしまったのか。腕時計を見ると、十時前になっていた。

立ち上がり、レジに向かう。三百五十円を払って外に出る。

起きたばかりの目に太陽が眩しい。少しとはいえ睡眠がとれて、調子は幾分ましになった。

今日もまた暑くなりそうだ。パチンコにでも行こうかと考えていると、女と擦れ違った。

振り返り、後ろ姿を見る。

セミロングの黒髪にタイトな白のTシャツ、そして色落ちした細身のジーンズ姿だ。いい尻をしているのが服の上からでもわかる。

「へい、彼女ぉ」

俺はそう口走り、女の前に回り込んだ。

目は大きく鼻が低い、二十歳前後の普通の子だった。傍目にわかるほどに胸がでかい。うひょ。

女は足を止め、訝しそうにこっちを見ている。

俺は意気込んだ。

「暇ならさ、どっか行かない？　もちろん、おごるぜ」

「なんですか」

「ねえ、いいじゃん。俺、怪しいものじゃないし」

「そうは見えない」

「え、何。何」

「充分、怪しいって」
言い捨てて女は背を向ける。瞬間、頭に血が上る。
「ブスが」
俺は呟いた。
女は聞こえたらしく、振り返りもせず足早に去っていく。
今の奴よりも、もっとかわいい女を捜せばいいだけのことだ。いくらでもいるはずだ。
周りを見る。
誰かいないか。あの、キャミソールの女なんかいいんじゃないのか。顔もかわいい。
近寄り、笑顔を向ける。視線も合わせずに女は俺の前を通過していった。
やれやれ。
口を尖らせ、深く息を吐く。日の光が額に照りつける。

アホ臭い。

ナンパなんかせずに、初めから風俗に行けばいいのだ。

今日は、さすがに入店を断られることはない。風俗街に向かいながら様々な妄想をする。日が変わり、ソープよりもイメージクラブという気分だった。ナース服にするか、ウェイトレスの衣装にするか。


二軒目の風俗店を出たのは夕方だった。

イメージクラブの後にピンサロへ行ってしまった。店のはしごをしたのは初めてだ。射精の後の脱力感を腰に抱えて歩く。

この勢いのまま、おねえちゃんと楽しくやりたかった。昨日行ったキャバクラに向かうことに決めた。

狭いエレベーターの中で、昨日キャバクラ嬢からもらった名刺を財布から取り出して見る。表面は店の名前と番地、電話番号が印刷されている。

裏面には手書きでこうあった。

カナエ。また来てね！　お待ちしてます。

二階に着く。
しょうがねえ、行ってやるか。笑いを噛み殺しながら店の入り口を潜る。
明るさを抑えてある照明が目に優しい。ボーイが俺を確認して頭を下げた。
「いつも、ありがとうございます」
席に案内される間、そんなことを言われる。昨日来たことを覚えているものらしい。
前の残りのボトルを頼み、カナエを指名する。
すぐにカナエと、ロングヘアの茶髪の女が来た。

「お待たせいたしましたぁ、いらっしゃいませ」

二人は会釈して俺の両脇に腰を下ろす。今日もナイスな太腿の露出具合だ。

カナエが嬉しそうに言う。

「ご指名、ありがとうございます」

「ははは、いや」

「こんなにすぐ来ていただけるなんて、嬉しいな。昨日ですよね？　この前のご来店」

「きみに会いたくてね」

「うふ。本当？」

ロングヘアの女が笑顔で鼻白んでいるのがわかる。大して綺麗でもない分際でしゃらくさい。まず真っ赤な口紅が俺の好みと違うのだ。足も太すぎる。

カナエに集中することに決めた。

何度、この店に来れば、セックスに持ち込めるだろう。さっきまでの、フェラチオをされていた記憶が甦る。

傷に触れないように注意しながら酒を啜っていると、カナエが尋ねてくる。

「スミオさん」

「ん？」

「それ、どうしたんですか？　うわぁ、痛そう」

「大したことないよ。ちょっとね、昨日の帰りに大喧嘩を」

イメージクラブの女の子に続き、今日、二度目の説明だ。カナエが言う。

「え、怪我、他にはないんですか？」

「ないよ。まあ、なんというか、ぼこぼこにしてやったからさ。むしろ向こうが心配だね」

まだアルコールも回ってないのに、よくも意味のないでたらめが出てくるものだ。ロングヘアの子も、大丈夫ですか、と心配を装って聞いてくる。

俺はグラスをテーブルに置いて続けた。

「いい気分で道歩いてたら、いきなり目つきのおかしい男が殴りかかってきて、何事かと思ったね」

「こわーい」

「きみらも、帰りとか気をつけなきゃだめだぜ。世の中、荒んでるんだから」

「はーい」

カナエの薄い唇が艶かしい。こいつも、そんなに美人というわけではない。

俺は提案する。

「そうだ」

「え？」

「夜道、危ないだろ。今日は、俺が送っていってあげるよ」

「ええー」

「遠慮すんなって。ね、どうよ」

ロングヘアの子は、そんなことお客様にさせられませんよ、と上手に断る。

「あは、口説いてるんですか？」

カナエが俺の目を見ながら言う。

「そう！　口説いてるのさ」

俺は声を上げた。

「ね、どう？　いっしょに帰んない？」

「えーと、どうしようかなあ」

「店、終わった後、飯でも食いつつ」

「あ」

「ん？」

「じゃあ、今度、同伴しようよ」

「ああ」

かわされてしまった。

カナエは嬉々として続ける。

「あたしね、前から行きたいなって思ってたイタリアンのお店があってさ、そこ、一緒に行こうよ」

「そうだね」

まあ、いい。とりあえずは店の外で会えるのだ。

「じゃ、アドレス、交換しようぜ」

「はーい。ちょっと待っててね」

カナエは、いったん席を外し、すぐに戻ってきた。手には名刺を数枚持っている。

一枚を笑顔で渡される。

見ると、昨日もらった名刺とはまた違っていた。裏面が真っ白で、表面に源氏名と電話番号、メールアドレスが印刷してある。ゲットだ。ちょろいもんだぜ！

俺は自分の番号とアドレスを教える。カナエがボーイからペンを受け取って自分の名刺の裏に書く。

そういえば、携帯電話は押し入れにうっちゃったままだ。電源を早々に入れ直さなければならない。

今から、カナエの私服が楽しみだった。普段は何を着ているのだろう。店の制服とまではいかないまでも、やはりお色気系だろうか。ミニスカートを希望したかった。きれいな足をしているのだ。出し惜しみはいただけない。

もっと言えば、服なんかいらない。さっさと裸になってやらせてほしい。

食事なんていいから、一発やらせてほしい。

グラスに三杯ほど飲んだところで、目を開けていられないほどの強烈な眠気に襲われて俺は店を出た。体が限界だった。全身の傷はまだ微かに疼いているが、今夜はよく眠れそうだ。


部屋のインターホンの鳴る音で目が覚める。

欠伸をしながら、テレビの上に置いてある時計に目をやるとまだ朝の九時前だ。

等間隔でインターホンは鳴り続ける。すでに十回は鳴っているだろう。

無視しようとも思ったが、そうはいかなさそうだ。

「はいはい」

不機嫌に低く言い、足音を立てながらドアへと向かう。

「おおー、いるじゃん橋本」

部屋の外には野崎が立っていた。

スーパーマーケットでの同僚だ。髭を剃っていないらしく、青々とした顎をしている。

「なんだ、生きてたのかお前。連絡も何もないから、みんな心配してたぜ」

「野崎」

「なんだよ」

「お前、仕事は？」

「俺は今日、休み。上がっていいか？」

返事をする前に野崎は靴を脱ぎはじめている。

何か話をしに来た雰囲気が露骨に漂う。しょうがなく、俺は冷蔵庫から紙パックのコーヒーを二つ出す。

「サンキュ」

　コーヒーを受け取ってフローリングの床にそのまま腰を下ろし、野崎は早々と口を開く。

「お前、どうしてたんだよ。今まで」

「んー」

「見たとこ、大怪我とかじゃなさそうだし。何か面倒でもあったのか？」

　親身な口調で尋ねられ、俺は答えに困る。

　野崎は俺と同期入社で、職場では一番仲がよかった。昼休みはしょっちゅう一緒に飯を食うし、飲み会などでも、気付くと二人で話し込んでいることがよくある。

「橋本」

「何」

「どうなんだよ」

「みんなの反応は、なんかあったか？」

「え、そりゃ心配してるよ。お前、今まで全然休んだりしたことなかったからさ」

たしかに、これまでは理由なく欠勤したりしなかった。後々の言い訳が面倒そうだったからだ。職場に戻らないことを決意してしまえば、そんな心配もすることはない。

野崎は付け加えた。

「あ、ただ、店長は、ちょっとおかんむりだけど」

「だろうな。あの野郎」

店長の顔がよぎる。

あの脂でぎらついた額といい、横柄な態度といい、不快な豚野郎だ。

「野崎」

「おう」

「俺、あの店、辞めるから」

「何？」

「だから帰れ」

「ちょっと、ちょっと待てよ」

「いいから」

「いきなり、どうした」

「帰れって」

慌てる野崎を立たせ、ドアの外まで追い出し鍵を閉めて、俺は息をつく。

煙草を箱から出すと、インターホンが連続して鳴った。

無視に限る。ライターを探す。

見つけて煙草に火をつけながら、改めて無断欠勤の理由を考えてみた。

何かあるだろうか。

特には、ない。

ただ、仕事が面倒になっただけだ。きびきび毎日働いても、別にいい目を見られるわけじゃない。

何十回続いただろう。ようやくインターホンが鳴り止んだ。

同時に、電話がかかってきた。野崎だ。糞が。

「うるっせえよ！　いいから帰れよ」

ドアに向かって怒鳴る。耳が熱い。

電話が切れる。

静かになった。

寝起きから最悪の気分だ。ただ、体調は悪くない。傷もほとんど痛まない。

今日は何をするか。

カーテンの隙間から、太陽の光が部屋に差し込んでいる。キャバクラが開く夕方まではまだ長い。

思い出す。

押し入れから携帯電話を出し、電源を入れる。これでカナエと連絡が取れる。

さらにひらめき、職場と、野崎と、その他の従業員の番号を着信拒否に設定する。万全だ。


五回が終わって、俺の贔屓のチームは八対一と大きくリードしている。

スコアボードを眺めながら缶ビールを呷る。

ドーム球場の客の入りは七割くらいだろうか。夏休みということもあって、家族連れが目立つ。

冷房が軽く効いているために、真昼の野球観戦も快適だ。試合が終わるころには、日も落ちているだろう。

目前のグラウンドでは両チームの攻守交代が行われていた。

ほどなく、ピッチャーが投球練習を始める。

俺の横の席の、Tシャツの上から半袖のユニホームを着込んだ青年が馴れ馴れしく話しかけてきた。

「いや、こりゃ楽勝ペースだね」

こいつも、酒が入っている。俺のいる一塁側の内野席は、ホームチームのファンで埋めつくされていた。

「もう少し、接戦が見たいような気もするけど」

俺は笑って返事を返す。

ユニホーム姿の青年は食いついてきた。

「全くだよ。こんな一方的だと、なんていうか、いまいち楽しくねえよなあ」

「三回くらいまでだったからね、競ったゲーム展開は。向こうの先発、話にならなさすぎ」

「だよな」

「ストライク、全然入んねえんだもん」

「俺、たまにしか応援に来れないんだし、スリル溢れる試合にしろっつうの」

「ははは」

この青年は見たところ二十代半ばだろうか、俺と歳が近そうだった。

ひとしきり軽口を叩きあったあと、青年が言う。

「ねえ。きみ、名前は」

「ん？　スミオです」

「俺、アキヒコ。あのさ、これから飲みにでも行かない？」

「今から？」

試合はまだ六回の表が終わっていない。それに、夕方はキャバクラの予定だ。

「どうせ、もう勝つよ。な、スミオくん。どっか行こうぜ。この試合、暇過ぎ」

「そうだなあ」

「行こう！」

「よし。飲むか」

「イエイ！」

俺たちは席から立ち上がり、続いている試合に背を向けて球場を後にした。

開店直後の大衆チェーンの居酒屋に入る。

俺たちの他は店員しかいない。とりあえずビール二つと、つまみに鶏の唐揚げとフライドポテトと海藻サラダを注文する。

ジョッキが来た。

アキヒコが叫ぶ。声が店に響く。

「それじゃ乾杯」

「何に」

「もちろん、八対一の大勝に」

「よっしゃあー」

ジョッキを強くぶつけ合う。

唐揚げを頬張りながら俺は言った。

「ここの会計、俺が払うからさ、どんどん食っちまおうぜ」

「え、いいの？　なんで？」

「ぐふふふ、競馬で勝ったのだよ」

「まじで？　うわ、すげえ。いくら勝ったの」

「いや、そうは言っても五十万とちょっとだけど」

「充分だって！　おおぉ、いいなあ」

アキヒコは真顔で言い、じゃあご馳走になります、と頭を下げた。

俺たちは飲みながら喋った。

贔屓のチームが一緒なので話は盛り上がる。しだいに店も空席が埋まり始める。

ジーンズのポケットに入れていた、マナーモードの携帯電話が震えた。取り出し、液晶画面を見る。メールが届いたようだ。

カナエだ。

本文はこうだった。

こんばんは。初メールのカナエです。今日はお店のほうには来られますか？　昨日お話した同伴のことなんですけど、スミオさんはいつがご都合よろしいですか。私は明日、明後日の夕方は空いてます。お返事、待ってます！　わくわく。

「スミオくうーん。何、携帯いじってるの」

アキヒコが肩にもたれかかってきた。息がすでに酒臭い。

携帯電話をしまい、俺は苦笑いして言う。

「重い、重いって」

「俺、脱ぐよ」

「あははは」

「うおおおおっ」

吠えるとアキヒコはまずユニホームを脱ぎ、続いてTシャツを脱いだ。

裸の腹が脂肪でだぶついている。

「おらおらぁ、上だけかよっ」

面白くなってきて俺が大声で囃す。

「じゃあお前、下、脱げるのかよっ」

アキヒコが真似をして言い返してくる。

「当然！　当然！　余裕だぜ」

言いながら、ジーンズのベルトを外した。店員がこっちを見ているのがわかったが、知ったこっちゃない。俺は客だ。

メールありがとう！　感激！　俺も明日（もう今日だけど）ヒマだよ、飯行こうぜ！　待ち合わせ、どこがいいとかある？　駆け付けますとも！

メールの送信ボタンを押す。

熱くなった顔に夜風が心地好い。目の前の電信柱ではアキヒコがうずくまって胃の中のものを吐いている。

終電は、もう三十分前に出てしまっていた。

これから、どこで夜明かしをしたものか。これ以上、アキヒコは飲めそうもないし、漫画喫茶にでも行くのが妥当だろう。

アパートに戻る気になれず、わざと終電を逃した。

部屋の前に、野崎がいるような気がした。店長がいるような気がした。

多分、神経質になりすぎているのだろうが、可能性はなくはない。

息をつく。

アキヒコが覚束ない足取りで近付いてくる。

「大丈夫かよ」

「うん、平気。胃袋、空にしたらすっきりしたぜ」

焦点の合っていない目でアキヒコは言う。頭の上にある街灯が、闇の中で明滅している。

俺は尋ねた。

「どうする？　これから。もう飲みは無理だろ」

「さすがにね。お、そうだ、スミオくん」

「何」

「うち、来ない？」

「終電、とっくに出てるぜ」

「いや、ここからなら歩いて行ける」

「本当に？」

「十五分くらいかな」

決まりだ。

俺たちは会話の代わりに、低い呻き声を漏らしながら繁華街から住宅街へと歩いた。

アキヒコは木造の二階建てアパートの一階に住んでいた。案内されて入る。

明かりがつく。

六畳の部屋は、古雑誌やコンビニエンスストアのビニル袋などで散らかっていて、二人が入っただけでも窮屈だった。

アキヒコが床の荷物を強引に壁際に寄せながら、楽しそうに言った。

「まあ、座れよ。茶も出せないけどな」

「悪いね」

「あ、寝るとき、俺がベッドでいい？」

「おう」

「布団は一応、これ」

クローゼットの下の収納から、アキヒコは敷布団とタオルケットを出して俺に渡した。埃が舞うのが見える。

ありがと、と受け取って俺は言う。

「しかし、狭いね」

「あ、こいつ、生意気。客の分際で」

「いや、散らかしすぎなんだって。俺、背中曲げなきゃ寝れねえよ」

「ははは」

「うわ、なんか今、虫の死骸みたいなのがあった」

俺は騒ぎながら布団を敷き、腰を下ろす。同時に酒臭いげっぷが出る。

「そろそろ俺、寝ちまうからお前も適当にしろよ。後で蛍光灯、消してくれよな」

ベッドの上の布団にアキヒコは潜り込みながら言った。

体が重いことに気付く。

疲れた。

アキヒコは目を閉じ、今にも眠りに落ちそうだ。俺は部屋を眺め、立ち上がって蛍光灯の紐に手を伸ばした。


互いの携帯電話番号を交換して、俺はアキヒコのアパートから出た。

昼の太陽が真上から照りつけてくる。

暑さに耐えきれず起きたのは十時ごろだから、けっこうゆっくりできた計算だが、他人の部屋だったために熟睡とはいかなかったようだ。そのせいか、ところどころ関節が痛む。

「昨日、ごちそうさまな。また今度、野球行こうや」

アキヒコは最後にそう言った。今度とはいつになるだろう。

繁華街に向かいながら財布を開く。

中には、十六万円あった。

何に使ったわけでもないのに、だいぶ減ってしまっている。意味もなくおごったりしていれば当然か。

朝、カナエから待ち合わせ場所の指定のメールが来ていた。五時にキャバクラの最寄り駅の改札前の喫茶店とのことだ。了解のメールを返しておいた。

このぶんだと、金もそう長くはもたない。

あと一週間もすれば財布は空になるだろう。そのとき、俺はどうするのか。いや、どうするも何も、選択肢自体がいくつあるのか。

カナエと会うまであと五時間ある。

肩が軋む。凝りがひどい。

江津子はどうしているだろう。

今ごろ、俺と二股かけていた相手とよろしくやってるのか。ふざけやがって。淫乱女が。

怒りで息がうまくできない。喉が狭まる。

深呼吸をする。

大きく吸って、吐く。

苛立ちが収まらない。足が小刻みに震える。江津子のマンションは、ここからだと電車で二駅だ。

考えが止まる。

俺は駆け出した。

間もなく着く。息が上がる。

久し振りだった。ほんの一週間前まで、何度もここに通ったものだ。俺のアパートからはバスで二十五分だ。

八階建ての白いマンションを見上げる。

ここの五階に、今、江津子はいるのか。そして、相手の野郎はいるのか。

緊張で顔が強張る。

意を決し、エントランスへと向かう。

後ろで女の声が聞こえた。

振り返る。

小さな子供を連れた、母親ふうの女だった。江津子とは似ても似つかない。

鼓動が早くなっているのを感じる。

焦った。

江津子かと思った。

俺が呼ばれたのかと勘違いしてしまった。

マンションから遠ざかる。

次第に足を速め、気付くと小走りになっていた。目の奥が熱い。俺は、何がしたいんだ。

駅前のパチンコ屋に入る。

銀玉を買い、手近な台に陣取って打ち始める。店内は煙草の白い煙が充満している。アナウンスやら電子音やらがやかましい。

ひたすら、台に銀玉を送り込んだ。そのうちのどれかが当たったらしく、液晶画面のスロットが回り始めた。


ベッドに倒れ込む。

カナエとイタリア料理屋で夕飯を食べて、それから二人でキャバクラに行って三時間ほど過ごした。

酔っ払ってしまった。体に力が入らない。部屋に帰ってくるのも一苦労で、結局、電車に乗らずにタクシーを使った。

胸がむかむかする。寝返りを打ちながら、今日、初めて見たカナエの私服を思い出す。

黒のタンクトップに、デニムのミニスカートといった格好だった。期待通りの肌の露出だ。口元が緩む。財布の中の残金がいくらあったかを思い出す。

五万円は、あったはずだ。昼間のパチンコで相当、使ってしまった。当然、カナエの飯代も俺持ちだ。

そろそろ、無一文になる。

何に四十万も使ったのか。適当に遊んで、飲んで、風俗に行って、そんなところだろう。

そして、カナエだ。

ボトルまで入れてしまった。だが、俺のはした金じゃ、ホテルに連れ込むこともできなかった。

ドンペリ代を、ソープにでも注ぎ込めばよかった。仰向けになり、舌打ちをする。

江津子のマンションに行ったときだって、そうだ。

懐に入れていた全財産は、何の力にもなりはしなかった。江津子に会って何か言うどころか、みっともなく逃げ帰ることしかできなかった。

悔しい。

俺は、金を持っていても、まともに女の相手をすることもできない。

小さく呻きながら身を起こす。トイレに行き、胃の中のものを便器に戻す。口の中が酸い。水を流す。

洗面所の明かりをつけ、鏡を覗き込む。目の下に隈ができていて、冴えない顔だった。吐いて、気分は少し良くなった。

唐突に、決めた。

顔を両手で、全力で叩く。目が冴える。

カナエを口説いて、落とすのだ。

高いボトルを頼んだり、何度も店に通ったり、そんな手段ではだめだ。これ以上、金を使わずにカナエをものにしないと、俺は納得がいかない。自分が許せない。

女一人くらい、どうにでもなるはずだ。いや、どうにかしなければいけない。

冷蔵庫からミネラルウオーターを出し、キャップを開けた。手持ちの金が尽きるまでの勝負だ。気合いを入れて臨め。俺は、喉を鳴らしながら水を飲んだ。

ブロイラー

駅から出て傘を差す。

大粒の雨が降っていた。辺りを見回すと、父の車がコンビニエンスストアの前に停まっている。

歩み寄り、車の正面から覗く。

サイドウィンドウが開いて、父が潑溂とした声で言った。

「おう、来たか」

「うん」

「乗れ、乗れ」

私は車の後ろのドアから中に身を滑り込ませた。暖房が効いている。傘をたたみ、滴を軽く払ってドアを閉める。

「けっこうな雨だな」

父が振り向いて話しかけてくる。そうだね、と私は返事をして外に目をやる。昼間なのに、すでに街灯がついていた。

前に帰ってきたのが大学四年の夏休みだから、三年振りの地元ということになる。街並みは前と何も変わっていなかった。商店街があり、パチンコ屋があり、駐車場がある。人通りは、あまりない。

エンジンが唸った。車がゆっくりと発進する。父はせわしなく左右の確認をしている。

「みんな、元気?」

私は挨拶代わりに尋ねた。

「まあな。変わりないよ。あ、母さんがこないだ熱出したけど、今はもう平気だ」

「そっか」

車は駅前を抜け、川沿いの道を走っている。速度メーターを見ると四十キロだ。何台もの対向車と擦れ違う。

父が口を開く。

「夜は」

「ん？」

「すき焼きみたいだぞ」

「あ、本当？」

「昨日、鍋、出したんだ」

「じゃあ今シーズン、初の鍋だね」

「おう」

それから、家に着くまでの五分間に会話はなかった。私は、ワイパーの規則正しい動きを眺めていた。

父と一緒にマンションの八階までエレベーターで上がる。

「ただいま」

玄関を開け、私は言った。リビングから母が出てくる。

「お帰り。あらら、肩、少し濡れちゃったね」

「母さん、前に街に出たときに買ったクッキーがあるだろう。奈緒も帰ってきたことだし、あれ、開けよう」

父が提案しながらジャケットを脱ぐ。母は菓子棚からクッキーの缶を出し、テーブルに置いた。

「奈緒ちゃん、座ってて。もうすぐ、お湯が沸くから」

母に言われ、私は椅子に腰を下ろす。間もなく、台所から蒸気の音が聞こえてくる。

コーヒーと皿が三人分並べられた。誰からともなく、クッキーをつまむ。

「久し振りだね。こうして、家族みんなでお茶するのも」

母が話しかけてきた。私は熱いコーヒーを啜りながら笑顔を返す。

「奈緒ちゃんがいないと、お父さんと二人でしょ。毎日、同じ顔を見てると飽きちゃうんだよねえ」

「えー、いいじゃん。夫婦水入らず。一人暮らししてると、休みの日に話し相手がいなくてさ。寂しいもんだよ」

　東京の大学を卒業し、神奈川の会社に勤めて二年になる。アパートでの暮らしは、彼氏がいたということもあって楽しいものだった。部屋の解約は昨日済ませてきた。今日の夕方、荷物がこっちに届くはずだ。

　三人が揃ってカップに口をつける。雨がマンションを叩く音が聞こえる。

「まあ、奈緒も、いろいろあったようだけど」

　父が言い、取りなすように続けた。

「その、なんだ。落ち着くまで、うちでゆっくりすればいい。焦らなくて、いいからな」

「ありがと。お世話になります」

　私は頭を下げた。

間食を終え、母はカップと皿を洗いに台所へ行った。父はテレビをつける。サッカーの中継をやっていた。私は自分の部屋に向かった。

気を使わせているなあ、と思う。両親とも、肝心なことは何も聞いてこない。

枕に顔を埋める。洗ったばかりだと思われるカバーの肌触りが心地好い。気付くと私はしゃくりあげていた。声を抑える。深呼吸をする。

起き上がり、ティッシュで涙を拭いて鼻をかむ。両手で頬を挟み、目を閉じる。しばらくして開く。

部屋の隅に置いてあるテレビの電源を入れる。さっき見たサッカー中継が映し出された。適当にチャンネルを変え、グルメ番組に落ち着く。土曜の午後は好みの番組がなくて困る。

耳が熱くなっている。私はテレビ画面の、アルミホイルに包まれている鮭に集中した。ホイルが閉じられ、オーブンに入れられる。リビングからは、男のアナウンサーの声が微かに聞こえてくる。

実家に帰ってきて、三日が過ぎた。

スニーカー越しの砂利の感触が足に楽しい。私は、河川敷を歩いていた。真上に照っている太陽のおかげで、十月にしては暖かい。ジャージを着てウォーキングをしているお爺ちゃんと擦れ違う。

家にこもっていても退屈なだけなので、一日一時間ほど散歩をすることにした。会社に勤めていたころは忙しくて、体を動かすために時間を作ったことなんてなかった。

水面が太陽を映して眩しい。軽く空腹を感じて腕時計を見ると正午過ぎだった。家を出てから、そろそろ一時間だ。

私は土手を踏み締めて登る。駅前の商店街がすぐそばにあった。今日は外で食べよう。

横断歩道を渡り、建物の立ち並ぶほうへと向かう。額に滲んでいた汗を拭う。

前にもこんなことがあった。

つきあっていた人に、指で汗を拭われた。最後にセックスをしたときだ。夏の、私のアパートの部屋でのことだ。

秋になるころ、デートの帰りの夜道で別れを切り出した。彼は私の前で怒りを露にして言った。

「納得いってねえからな」

それ以来、私の携帯電話には番号の表示されない着信が大量に入るようになった。アパートの窓から外を見ると、彼らしき姿が佇んでいたことも一度や二度ではない。

最初のうちは電話に出て、もう連絡してこないで、と何度も言った。彼はいつも、もう一度俺とつきあえ、の一点張りだった。相手をするのに疲れて無視を決め込んでいると、職場の電話にまでかかってくるようになった。

次第に、会社に居辛くなった。上司は心配してくれたが、同僚の女子社員の視線は日に日に険しくなっていった。厄介者を疎む目だった。私は警察に届け、彼にこれ以上のつきまといをやめるようにとの警告をしてもらい、会社を辞めた。

そして、住んでいたアパートを引き払って地元に戻ってきたのが三日前のことだ。職場に居続けることは無理だった。常に気を張っていた疲れが溜まっていたし、いつ、彼が私の前に現れるかが恐かった。もう怯えたくなかった。

どこで食事をしようかと考えながら商店街を歩く。この辺りの飲食店の数はそう多くはない。うどん屋とハンバーガーのチェーン店、それに軽食屋が何軒かあるといったところだ。

慣れているという理由でハンバーガー店に入る。照焼きチキンバーガーのセットを注文し、奥の席に行く。

腰を下ろし、アイスコーヒーを飲んで息をついた。ポテトを口に運ぶ。今日、これからどうしようかを考える。

遊べる街に出るには、電車で一時間半はかかる。面倒だった。家の近くにあるコンビニエンスストアで雑誌でも買って帰って読もう。それがいい。


夕方、家にインターホンが響いた。

両親とも、まだ仕事から帰っていない。はーい、と声を上げながら私は玄関に出る。

「おー、久し振りい」

外にいたのは純子だった。

近所に住む、高校のときの同級生だ。最後に会ったのは、たしか五年以上も前のことだ。私ははしゃいで言う。

「すごーい。変わったねえ」

ふふ、と純子は笑う。前に会ったときは黒髪だったのだ。似合ってはいるが、勤めているはずの地元の企業で、そのかなり明るい茶に染めた髪は許されるのだろうか。

私は続ける。

「何、どうしたの？　急に」

「いや、昨日うちの母さんがさ、この辺りで偶然、奈緒を見たって言ってたんだ。それで東京から帰ってきてるのかなって思って、今、来てみたわけ」

「会社、辞めちゃった」

「え、本当に？」

「うん」

「そっかー、まあ、いろいろある」

純子は腕を組んで頷く。高校のころから、相手に深入りしない子だった。私がどうしてこっちに帰ってきたかということには、そう興味がなさそうな様子だ。

「奈緒」

「ん？」

「今日、これから暇？」

「予定はないけど」

「軽くさ、飲みにでも行かない？」

「えー」

一瞬考える。昔の友だちと、久々に飲むのは楽しそうだった。晩ごはんはいらない、と両親に書き置きをすればいいだろう。

「うん、いいよ」

「よし、じゃ、行こう。駅前でいいよね？」

マンションのすぐ前から出ているバスで移動をし、飲み屋に着いた。カウンター席だけの、手狭な店だ。客は他に男の二人連れしかいない。焼き鳥の匂いが充満している。

「いらっしゃいませ」

「ユウイチくーん、来たよお」

純子はカウンターにいる割烹着の青年に声をかける。私は小声で尋ねた。

「ねえ」

「何」

「あの人と知りあいなの？」

「前にこの店に来たときにね、相手してもらったんだ。おもしろい人だよ」

こっちに向かって礼をしている青年を見る。百八十センチ以上は優にあるだろう身長が私の気を引いた。

　席に着くと同時に、青年が近寄ってくる。湯気の立っているおしぼりを私たちに渡しながら言った。

「来てくれたんですね、純子さん」

「まあねー」

「あ、お連れの方は？」

「友だち。奈緒」

「ナオさん。よろしく、お願いします」

　青年が頭を下げる。その視線は、私のルックスを値踏みしているものだった。

「ご注文、何になさいますか」

「私、ビール。奈緒は？」

「えっとね、そうだな、日本酒にしようかな」

「お、いける口ですか」

青年が人懐こく話しかけてくる。私は愛想笑いをして、メニューに目を落とす。

料理も注文し、私と純子は乾杯をした。互いの近況を肴にお酒を飲む。純子は、今は彼氏はいないらしく、コンパと聞けば顔を出す毎日らしい。私は、会社を辞めた理由を体調を崩したからだと偽った以外は、前の彼氏のことも面白おかしく喋った。笑い話にするのは、気が晴れるものだ。

「じゃあ、今、ナオさんはフリーなんですか」

青年が言う。

私はアルコールで熱くなった顔で頷いた。ここに来て二時間が経つが、店は一向に満杯にならない。そのためか、青年もちょくちょくこっちに来て私たちの話に口を挟む。

純子がトイレに立った。

「そっかぁー、偶然っすね。俺もフリーなんですよ」

「ふうん。ユウイチさん、かっこいいのに」

「いやあ、全然」

「あはは」

「俺たち、つきあっちゃいましょうよ」

そうしよっか、と私は言った。青年の、本気の欠片も感じられない軽口が耳に心地好かった。


翌日、私はユウイチとキスをしていた。

駅前のスーパーマーケットの階段で、私から顔を近付けた。ユウイチは避けない。唇が軽く重なり、離れる。

「えへへ」

私は照れて笑った。朝十時半の非常階段は人通りが全くない。店のコマーシャルソングが少し離れたところから聞こえてくる。

「くうー。ナオさん、積極的ぃ」

ユウイチはおどけて言う。そりゃ、茶化したくもなるだろう。昨夜、電話で決めた待ち合わせ場所はすぐ上の階の書籍売場で、つい三分前に会ったばかりだ。

胸の前で手を合わせながら私は言った。

「ごめんね、唐突に」

「ははは、いいですけど。むしろ大歓迎」

「敬語、やめにしない？」

「そうだね。歳も、俺が一つ上だし」

「え？」

「昨日、話したじゃーん」

「忘れちゃった」

「ううっ」

足音が聞こえる。従業員が下りてきたようだ。私たちは笑みを交わし、スーパーを出る。

昨日の昼も来たハンバーガー屋に入る。カウンターで私はホットココアを、ユウイチはチーズバーガーのセットを頼む。

バッグの中の財布を探していると、ユウイチに制された。

「そのくらい、俺が出すって」

「うふ、そう？」

ありがと、とかわいく言って私は先に席に向かう。些細な額だろうと、おごられるのは嬉しかった。前の彼氏に最後に食事代を出してもらったのはいつのことだろう。

ユウイチがトレイを片手で持って来た。

「お待たせ」

「はーい」

ココアを受け取る。二、三度吹いて口をつける。

「しかし、どうしたの？　昨日の今日で」

コーラを飲みながらユウイチが尋ねてきた。馬鹿を見るような目で私を覗き込んでくる。

「ユウイチくんがかっこよかったから、かな？」

「はははは、嘘でしょ？」

「一目惚れってやつだね、これは」

「いやいやいや。照れるなー、おい」

笑ってユウイチはバーガーにかぶりつく。私もにこにこする。本当に、わからないものだ。

昨日、家に帰ったときからユウイチに会いたかった。もっと、ちやほやされたかった。お世辞を言ってほしかった。たぶん、恋、なのだろう。

――ブロイラー

―――――――――ブロイラー

「ねえ」

「ん？」

「ユウイチくん、仕事、何時からなの」

「夕方の四時半」

「そっか、じゃあ、まだ一緒にいて平気だね」

「うち、来る？」

口の端に笑みを浮かべながら提案してくる。確実に、侮られている。私は言った。

「いいの？」

「おうよ。散らかってるけどな」

「行く、行く」

ユウイチのアパートは駅の真裏だった。鍵を開けてもらい、中に入る。汗の臭いが鼻をつく。他の建物に遮られているのか日当たりが悪く、部屋は薄暗かった。

「入んないの？」

明かりをつけてユウイチが言う。私は靴を脱ぎ、部屋の真ん中にあったクッションに座った。

ベッドはなく、布団は床に敷いたままだった。ユウイチがその上に寝転び、顔を私に向ける。

「ナオちゃん」

「うん」

「来なよ」

近寄ると、耳の中を舌先で探られた。

「ん」

吐息とともに声が漏れる。ユウイチの手が私の胸をブラウスの上から強く握る。痛みに身を震わせると、膝丈のスカートを捲られた。ピンクの下着が露になる。

「へへ。かわいいじゃん」

「そ、う？」

「あれ」

「え」

「ここがいいの？」

「あぅ」

「それとも、こっち」

「やだ、ちょっと」

「ほれほれ」

「んんー、ん、あ」

ユウイチはすぐに服を脱がせようとはせず、下着の上から執拗に私の下半身を嬲る。呼吸が乱れ、体が熱を帯びてくる。

私はユウイチの股間に手を伸ばした。

「何？　舐めてくれるの？」

にやつきながらユウイチは言う。私は頷き、ジーンズのジッパーを夢中で下ろす。


純子は多少、驚いたようだった。

「何、じゃあ、あんた」

「うん」

「もう、ユウイチくんとつきあってるの」

「つきあってる、というか」

「と、いうか？」

「へへー」

「やったわけか」

「ふふ」

大袈裟に顔をしかめながら、純子は焼けたタン塩を割り箸で網の上から取る。私はカルビを頬張ってビールで流し込んだ。ユウイチくんを紹介してくれたお礼の焼肉屋だった。

純子が聞いてくる。

「え、いつ？」

「いつ、と言うのは」

「だから、そういうことになったのがよ。だって、この間、私たちがユウイチくんのお店に行って、まだ一週間経ってないでしょ」

「あの次の日に、呼び出したの」

「ほう」

「それで」

「事に至った、と」

「うん」

「すごいねー」

「そう、かな」

純子がジョッキを呷りながら言う。

「すごいよ。早い。私が何カ月、独り身だと思ってやがる」

「あはは」

「まあ、よかったね。で、何。毎日会ってたりするわけ？」

「うん。でもさ、私、この間帰ってきたばっかりじゃん？　さすがに、お泊まりとかできなくって」

「ああ」

「だから、彼のアパートに行くのは昼間かなあ」

純子がユウイチのことを好き、というふうでなくてよかった。今日はそれが確かめたかったというのもあった。これで、今夜は心置きなくご馳走できる。

「あ、じゃあ」

「何？」

「昼にユウイチくんと会って、その足で今、私と焼肉ってことか」

「まあ、そういうことになるね。好きだよ、純子」

「ふん。見てな。肉、食いまくってやる」

純子の拗ねるふりに私は小さく笑う。網から上る煙が、換気扇のほうへとゆっくりと流れていった。


シャワーを終えてバスルームから出ると、部屋には暖房が効いていた。

「つけてくれたんだ」

「寒いしな。エッチする前につけとけばよかった」

上下ともにスウェット姿のユウイチが言う。私は髪をバスタオルで拭く。

「俺の部屋、狭いからすぐに暑くなるぜ」

「ふふ」

「そういえば」

「え」

ペットボトルのお茶を一口飲み、ユウイチは続けた。

「こっちに帰ってきて、何日だっけ」

「えっとね、ちょうど一週間」

「なんでまた、地元に戻る気になったの」

唐突に聞かれ、私は返事に困る。そのことは、まだ話していなかった。

かわすべきか。それとも、隠すことは別にないだろうか。

「俺なら、仕事辞めても東京に残るな。ここ、何もないし暇じゃん？」

向こうが話をそらしてくれた。私は言う。

「いや、親にもね、たまには会っとかないといけないし」

「そんなもんかねえ」

「違った」

「何」

「ユウイチくんに、会うために戻ってきたの」

「ほう」

肩を掴まれ、布団に押し倒される。

「私、シャワー、浴びたばっかなんだけど」

「嫌なの？」

「うーん」

「おりゃ」

ニットを脱がされ、再び黒の下着姿になる。ユウイチが囁く。

「たまんないね」

「そう？」

「そうさ。この胸」

「わ」

「でかくない？　カップ、いくつよ」

「えー、普通。Ｃだよ」

「ほほう」

「やだ」

　ユウイチは、私の胸を捏ねながら続ける。

「乳首、触ってほしい？」

「なに言わせたいの」

「ねえ」

「あ」

「ねえ」

「もう、触ってるじゃん」

「そう？」

「くふ」

視界の隅に、部屋の置き時計が入る。私は気付いて言った。

「ユウイチくん」

「何」

「仕事。あと少しでしょ」

午後の四時を過ぎていた。三十分後には、店にいなければいけないはずだ。大して気にも留めていないような口調で言われる。

「いいから」

「そう、なの？」

「走って行けば、五分で着くんだよ。お前がいちいち、部屋を出る時間まで口出しすんなって」

「ごめんなさい」

「こっちに尻、向けろよ」

「え？」

「四つん這いだよ」

初めての要求だ。少し恥ずかしい。ユウイチを見ると、いつものように笑みを浮かべている。私は顔が火照るのを感じながら、手と膝で自分の体を支える。

ドライヤーを終えて、さっきまでの服を着直す。お風呂場からはユウイチくんの浴びているシャワーの音が聞こえてくる。

冷蔵庫から出したウーロン茶を飲みながら、テレビをつける。画面の左上に、時刻が二時三十八分と表示されていた。

ユウイチくんの部屋に昼に来て、セックスをして、帰る。つきあい始めてから二週間が経つが、ずっとこんな調子だ。たまには二人で街中にも行ってみたい。

ごはんを外で食べよう、と提案してみたことがあった。

ユウイチくんは、そんなのいいから、と言い、私の上に覆い被さってきて胸を触ってきた。私たちは一緒にいるときに、部屋で適当にお菓子を口にすることはあっても、ちゃんとした食事をしにお店に出たことはない。

振動音がした。

床に目をやる。マナーモードにしてあるユウイチくんの携帯電話が、布団の隣で小刻みに震えている。

間もなく、電話の動きが止まった。シャワーはまだ終わりそうにない。

ユウイチくんの電話を手に取る。画面には、こうあった。

メール着信あり　　フミエ

フミエって、誰だろう。

友だちだろうか。知らない名前だ。そもそも、私はユウイチくんの知り合いや家族のことを何も聞かせてもらったことがない。

苛立ちを覚えた。

私は立ち上がり、自分の荷物を持って玄関へと向かっていた。

まだ昼なのに外は暗かった。雲がどす黒い。私は大股で歩く。

浮気かもしれない。だが、まだそうと決まったわけじゃない。メールがあったくらいで疑われるなんて、ユウイチくんもいい迷惑だろう。

行くあてもなく河川敷に出た。誰も人がいなかった。雨が降りそうな空模様だし、みんな家に帰ったのだろうか。

もう、ユウイチくんとは終わりにしたかった。

フミエとは浮気なのかどうかなんて関係ない。セックスだけでは足りないのだ。私の体で遊ぶのは構わないけど、それならもっと大事に扱ってほしい。

分不相応な考えなのか。

何かを与えてほしい。小さな気遣いでも、学生のころの思い出話でも、突然のプレゼントでもいい。薄笑いを浮かべながらのセックスなんて、誰とでもできるじゃないか。

バッグの中の携帯電話が鳴っている。ユウイチくんだろう。液晶画面を見る。

目を疑った。

前の彼氏の番号だ。

放っておくと、しばらくして電話が切れた。私は慌てて電源をオフにする。体中が熱く、毛穴から汗が滲み出てくる。

なんで、今ごろ連絡があるの。

番号は、会社を辞めたときに変更したはずだ。あの男は、まだ、私に何か用があるのか。

携帯電話をバッグにしまう。

呼吸が苦しい。

ゆっくりと、息を吸い、吐く。

私は、駅へと向かう。小さく足が震えている。瞬きの回数が、自分でわかるほどに増えていた。

どうしよう。

街に行って、次の男を探すのだ。

それしかない。気が焦る。ユウイチくんはもうだめだ。誰かに甘えたい。抱き締められたい。

切符を買い、改札を抜けた。見境いがないのはわかっている。私は口元で笑った。何もおかしくなかった。

著者プロフィール

棚　大介（たな　だいすけ）

1979年広島県生まれ
法政大学在学中
川崎市在住

カウントダウン43

2004年９月15日　初版第１刷発行

著　者　棚　　大介
発行者　瓜谷 綱延
発行所　株式会社文芸社
〒160-0022　東京都新宿区新宿１－10－１
電話　03-5369-3060（編集）
03-5369-2299（販売）

印刷所　株式会社エーヴィスシステムズ

ISBN4-8355-7984-4 C0093